LE BON TOTO

ET

LE MÉCHANT TOM

OU

LA JOURNÉE DE DEUX PETITS GARÇONS

PAR TRIM

PARIS. — LIBRAIRIE DE L. HACHETTE ET Cie, BOULEVARD SAINT-GERMAIN, N° 77.

PARIS. — IMPRIMERIE GÉNÉRALE DE CH. LAHURE
Rue de Fleurus, 9

Il fait jour. Le soleil se montre à la fenêtre.
Et Toto comme lui se lève en souriant.

En voyant le soleil et sa bonne paraître,
Tom se cache en ses draps et s'éveille en criant.

On habille Toto. Dans cinq minutes, zeste!
Il a mis ses souliers, son pantalon, sa veste,
Et sa petite sœur trouve qu'il est très-beau.
Tom, lui, c'est différent, car il a peur de l'eau.
Il repousse l'éponge en criant et se cabre,
Le méchant! comme si le peigne était un sabre.
Sur sa chaise il trépigne, aux pieds n'ayant qu'un bas.
La cuvette est par terre et la brosse est à bas.

Tous deux sont habillés : maintenant l'on déjeune.

Toto se tient très-bien, quoiqu'il soit le plus jeune.

Il mange proprement; il n'est pas trop pressé.

Il a mis sa serviette à son cou comme un ange.

Tom, lui, c'est un glouton. O Dieu! comme il s'arrange!

Sur sa belle jaquette il a tout renversé!

La maman dit : « Venez, mes enfants, venez lire
Dans le beau livre ouvert tout grand sur mes genoux ! »
Toto lit à merveille : il est docile et doux.
— Tom lit tout de travers. Il ne veut pas s'instruire.
Il dit : « C'est ennuyeux ; » bâille à faire frémir.
Comme il ne mange plus, il veut se rendormir.

Lorsque la maman est partie,

A côté de sa sœur, Toto le bon garçon

Très-attentivement repasse sa leçon.

Tom, lui, fait une autre partie.

Il met les tabourets l'un sur l'autre, et dispos

Il grimpe sur le tout, et tombe sur le dos.

Ils prennent maintenant leur leçon d'écriture.

Le bon Toto s'applique. Il écrit sans rature.

« Vous aurez un : Très-bien, » dit monsieur Plumedois.

Tom, lui, c'est une horreur! il écrit comme un cancre,

Il verse l'encrier sur ses habits, ses doigts

Ont des mitaines d'encre.

LA PAGE DE TOTO.

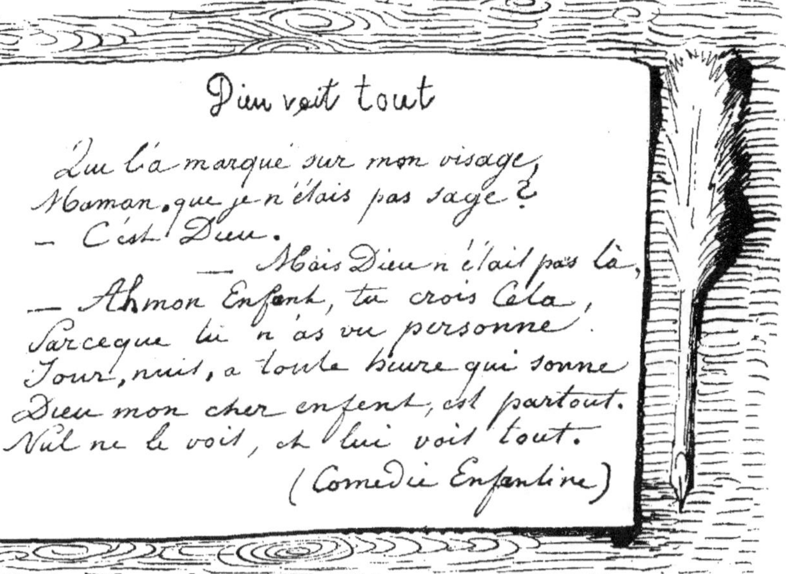

LA PAGE DE TOM.

La récréation a sonné. Quel bonheur!
Toto s'amuse en paix comme un enfant bien sage.
Assis tranquillement à côté de sa sœur,
Il range ses joujoux et bâtit un village.
Tom, lui, s'amuse à tout casser!
Couché sur les coussins qu'il vient de renverser.
Il fait un bruit à tête fendre.
En même temps et tour à tour,
Sonne trompette et bat tambour.
Sa grand'maman accourt, et dit : « Il est à pendre
Il fait, ce vilain garnement,
Plus de bruit à lui seul que tout un régiment. »

Sur son cheval de bois, Toto, calme, en silence

Se balance.

C'est charmant! Par malheur Tom vient, l'affreux gamin,

Comme pris d'une rage bleue,

Tire sur le cheval en arrière, et la queue

Lui reste dans la main.

Toto joue au soldat à présent. Il aligne
Doucement, gentiment la garde avec la ligne.
Le drapeau de la gloire est planté sur le fort;
    Les canonniers sont à leurs pièces.
— Tom brise ses soldats. Il dit : « Moi, je suis fort ! »
Et d'un seul coup de pied met une armée en pièces.

L'ARMÉE DE TOTO.

L'ARMÉE DE TOM.

Aux oiseaux du bon Dieu Toto donne son pain.
Toute la basse-cour vient manger dans sa main.

Tom dans le poulailler entre comme un sauvage,
Mais la poule et le coq lui sautent au visage.

Toto dans le jardin avec son arrosoir
Donne à boire à ses fleurs le matin et le soir.
Sur les arbres Tom grimpe ; aux fruits il fait la guerre.
Mais, crac ! la branche craque et Tom roule par terre.
Un peu plus il tombait sur la dent du Serpent
Qui vers lui venait en rampant.

Les enfants vont courir au jardin dans l'allée.
On joue au cerceau. Tom, comme un loup ravisseur,
Arrache le cerceau de sa sœur désolée.
— Toto donne le sien à sa petite sœur.

C'est l'heure du goûter. La maman à cette heure
Prépare à ses enfants la tartine de beurre.
Mais, Tom, où donc est-il? Savez-vous ce qu'il fait?
    Ah! vraiment il en fait de belles!
    Il est monté sur le buffet
Pour y prendre le pot où sont les mirabelles.
Il glisse, le pot tombe, et dans sa chute, vlan!
Casse un service à thé. Que dira la maman?

D'abord la maman gronde, et puis elle est si bonne
Qu'elle pardonne !
On va se promener. Toto se tient très-bien,
Prend la main de sa mère et ne demande rien.
— Tom ne veut pas marcher. Non, il faut qu'on le tire,
Et ses parents sont au martyre.
Il met autant qu'il peut le pied dans le ruisseau,
Et crotte, le petit bourreau !
Les pantalons blancs de son père,
La robe orange de sa mère !

Quant à Tom, il est temps de punir ce rebelle.
Et vous voyez ici, malgré son désespoir,
Son père qui le met dans le cabinet noir.
La maman sort encor. Toto sort avec elle
Comme vous le voyez ici,
Et la petite sœur et la poupée aussi.

C'est l'heure du coucher. Toto baise sa mère,
Joint ses petites mains et fait bien sa prière.
Tom jette ses habits au lieu de les plier,
Et puis croise les bras et ne veut pas prier.
La lumière est tombée. Et dans la chambre sombre,
Le méchant Tom en se couchant
A vu se dessiner une ombre,
Une ombre de méchant enfant.

Toto dort. Un sourire erre encor sur sa bouche.
La lune le regarde avec sérénité.

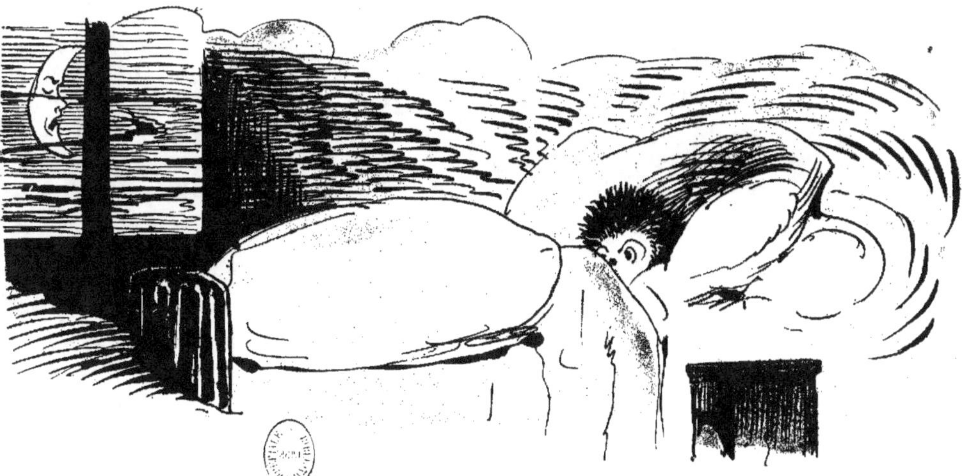

Tom s'endort, les cheveux hérissés, l'œil farouche,
Et de rêves affreux il est épouvanté.

ALBUMS TRIM

POUR LES ENFANTS DE TROIS A SIX ANS

FORMAT PETIT IN-4°

Chacun de ces albums, colorié et cartonné, se vend 3 fr.

A B C, TRIM

ALPHABET ENCHANTÉ

Illustré par BERTALL

PIERRE L'ÉBOURIFFÉ

JOYEUSES HISTOIRES ET IMAGES DROLATIQUES

Traduit de l'allemand du docteur HOFFMANN, sur la 366e édition

HISTOIRE COMIQUE ET TERRIBLE

DE

LOUSTIC L'ESPIÈGLE

Illustrée par BERTALL

HISTOIRE DE JEAN-JEAN GROS PATAUI

Illustrée par PELCOQ

LES BÊTES

Cours d'Histoire naturelle et de Morale

Illustré par BERTALL

LES DÉFAUTS HORRIBLES

(TROIS ALBUMS)

I. GOURMANDS ET MALPROPRES

II. MENTEURS, ENVIEUX, CURIEUX, CRIARDS ET TRÉPIGNARDS

III. LE POLTRON

Illustrés par JUNDT

LA POUPÉE

Illustrée par JUNDT

LE CALCUL AMUSANT

Illustré par BERTALL

PARIS. — IMPRIMERIE GÉNÉRALE DE CH. LAHURE, RUE DE FLEURUS, 9.

www.ingramcontent.com/pod-product-compliance
Lightning Source LLC
LaVergne TN
LVHW052028170826
845678LV00018B/868

* 9 7 8 2 3 2 9 6 6 3 0 8 1 *